全山紅葉

水崎野里子歌集

コールサック社

歌集　全山紅葉　目次

Ⅰ　全山紅葉

Ⅱ　すゑの松山

Ⅲ　色硝子

Ⅳ　うたかた

歌集

全山紅葉

水崎野里子

Ⅰ　全山紅葉

いはきへの旅

いつからか幾度辿りし奥の細道芭蕉の影を追ひ求めつつ

けふの日はいざやいはきへ縁ありて芭蕉の杖はわれは持たずも

杖要らぬハイカラ特急上野から細道転じて太き鉄路に

ひたち号牛久を過ぎて水戸を過ぐ思ふは苦難友からの文

いざ共に芭蕉よわれらと旅せむか東北の風世界に吹きゆく

湯本あり小名浜ホテルの海鮮料理いつか食べたしわが欲の旅

ひたち号いはき終点駅いでしわれに親しき友の顔ハロー

安堵なる古希越え杖無しわが旅路されど地震と原発忘れず

ネット教へ浜の通りは南のいはきと相馬に繋ぐ苦難の道のり

双葉町や浪江は原発の被災多き地いまだにもふるさと戻れぬ人々多きと

旅人の目より見たりしいはき市は復興ありて普通の街に

瓦礫から立ち上がりたる東北の人々努力芭蕉も称へむ

いはきなる土地はかつては常磐の炭鉱のありわれは忘れず

廃坑の閉山ありて期待せし原子の力も地震で崩壊

日の本のエネルギー問題その未来いざや多難の大波小波

神頼みせめては庶民の頼る道されどジャパンサイエンス立ち上がれ今

勇み足及ばずフクシマ原発破壊自然の猛威に人間狂ふ

歌に書き歌ひ流すは易きしも易くはあらずサイエンスの道

伝承と御伽噺の化すも良きされど子供に伝へよ科学

苦闘せむ未来のわが地のふるさとのやすきと望むこころありせば

さらば細道さらば磐城よ磐なる城にまたの旅あれ

瓦礫の街

美しや瓦礫の街のその姿いつか見た街いつも見し街

無人なり人間生活爆破され殺され連行暴行の跡

なにゆゑに美しと思ふかわれ知らず人間本性描きしゆゑか

水はなし電気も点かず食糧もなく難民移民の定め見飽きし

いくたびも戦争反対唱へしも自然人間悪魔なりける

驚きは戦争反対言へぬ国いまだにありしと覚えけるかな

美しはおそらく焰の地獄ゆゑこの世地獄よ美し地獄絵

僕たちが戦はなければ第三次世界大戦起こると青年の言ふ

僕たちの山々河をふるさとを守ると言ひし兵士の若き

君たちよ今は生きるか死にたるか若き兵士の面影永久《とは》に

われ抱く瓦礫の街のいとしさよいつか見し街いつも見む街

殺されし息子を見つけ泣く母の嘆きは永久《とは》の号泣であれ

母マリア涙でキリスト抱き泣くされど世界はいつも十字架

暗黒の地下に籠もりし老人子供爆撃されしか生き抜きたるか

この世界いつも一縷の希望持ち無駄に縋るは日常となる

われ今日は恙《つつが》無き朝食喰らひたるうしろめたきも神に感謝す

昔今ローマ帝国戦役多大またもや帝王共和の和なく

東ローマ正教なりしがオスマンの帝国侵略元の侵略

昔今コンスタンチノープルはイスタンブールと名を変へて

ビザンチン波乱万丈歴史ありまたもやモスクワキーウと諍ひ
モスクワは今は正教本拠なりされど罪なき隣人殺すは如何に

広島長崎南京虐殺チェルノブイリに福島にソンミの村にチェチェンにアレッポ

わが余生あといくたびや見る廃墟瓦礫の街よわれに美し

噓まこと爆撃殺傷敵味方哄笑涙善と悪ひとつになりてわれらが世界

風土　和辻哲郎に

風薫る春はそよかぜそのはずが今年は何故か大雨来たり

温暖化あるいは気候の変動か河水氾濫泥水奔流

見学の高齢の者逃げ遅れぷかぷか浮きて泥水の墓所

さう云へばこのごろ和辻哲郎がなんとはなしに再び口の端

名を知るも名著書『風土』読みもせずわが失策の思ひありけり

わが風土アジアの気候と共に生くヒマラヤ下しの季節風吹く

今迄は梅雨颱風しか呼びし荒神モンスーン今に再来

一か月早くもニッポン列島にモンスーン吹く猛々しくも

しとしと梅雨そよそよ春風の期待裏切り怒りの風神

日の本の河は溢れて市街浸水河は泥水人々殺す

上海もタイもミャンマーインドも同じモンスーン吹き荒れ豪雨ばらまく

アジアなる気候は決して穏やかならずしばし忘れし我らに復讐

しかれどもアッサム茶の木にアジア稲作豊富な水であをあを育つ

わが風土稲穂茶の木に瑞穂の国よしかるに荒風屋根を飛ばしつ

英語にて書かれし『風土』の名の高く今また復活?和辻氏ハローー!

全山紅葉

朝早く公園あゆめば一面に赤きもみぢ葉道に降り敷く

昨日の雨に濡れしかもみぢ葉は泣きしごとくにしとどに濡るる

見上ぐればもみぢの木々は葉の繁しくれなゐ炎の晩秋らしき

敷きゐたる道上くれなゐもみぢ葉は小さき赤子のひろげたる手

血の色の赤子の手のひら無数にて避けて通れず靴で踏み浸む

思ひ出す鳴海の英吉詩に書きぬ全山紅葉沈黙なりと

北支那の攻防巡り日本の兵士勇壮に戦ひありしソ連の兵士と

ノモンハン興安陵に牡丹江国境巡り戦の寒し

兵糧は飲む水ありしか日本兵遠き北支那いくさ惨敗

負傷せし若き兵士を背負ひゐて投降鳴海全山紅葉

鳴海なる英吉詩人の残したる膨大詩集を再び読みて

もはや今涙もいでずウクライナ民の苦難に重なる寒さ

沈黙の破壊の街の静けさや裸木黒く空《くう》を突きたり

負けいくさ勝ちいくさなど幾多あり戦乱去らぬ地球惑星

いつの日か神の沈黙あらむかなからっぽ惑星紅葉燃ゆる

法隆寺への旅路

あんみつを食し詣でる法隆寺少女の頃の夢の旅今

斑鳩の古き里の名はるけきも今また渡るまろき時橋

外つ国にいさかひあるも白砂の法隆の寺の境内やすらぎ

飛鳥なる古き時代のよみがへり法隆の塔わが身をさそふ

空見上ぐ五重の塔の高くあり雲突き風雨に負けず建ちゐる

五重塔若き日に見しネパールの王宮の街に建ちし塔飛ぶ

音もなく在りて聳えし五重の塔の高みを見上げ鳥になりたし

わが前にアジアの地図が拡ごりぬネパール天竺その名の高し

法隆の古きと歴史はわれ魅せり斑鳩明日香飛ぶ鳥ゆかし

広きかな法隆伽藍の境内にわれ時忘れ白砂の道

いくつもの伽藍のありて立ち尽くすわれに広きや法隆の寺

幾歳月越えてこの今わが前に建つ法隆の寺われは小さき

見事なる当時の建築技術かな風雨を越えて時空ぞ生きる

時忘れ古き伽藍の前に立つ明日香の時ぞ今われのまへ

飛ぶ鳥の斑鳩旅路は思ひ出の少女のころの胸のときめき

思ひ出の胸のときめき戻り来る齢経ての今歳月ゆかし

長き道長き参道石堅く歩みゆくわれ足取り軽き

命ありて生きながらへて再びの法隆の寺へ旅路のしづか

本堂の桜爛漫見しはいつ　今は秋なり松風似合ふ

法隆《たか》く法の興隆念じたる太子の徳はわれらが夢ぞ

はるかなる仏法いまに拡ごりて建ちし伽藍の位置の確かさ

われら小さき世界の和とはいかなるか聖徳の子よ今に再び

聖徳の影を求めてわれあゆむわれに見えずも斑鳩《イカル》はしかと

国を建て法の隆《たか》しも貴きと法隆寺の今和《なご》やかにぞあり

この世とは法もなごみもなくなりて悲しみいさかひ地にぞ満ちたる

殿不動衆生に慈悲を賜ふべし生き惑ひけるわれらぞあはれ

大きなる南門護る仁王像憤怒の顔ぞわれに嬉しく

神怒る仏ぞ怒るこの世悪怒る御顔のすこやかと見ゆ

雨降らず日照りもなき日に恵まれてわれ杖もなき巡礼の旅

わが影を友としあゆむ旅路かな古き都は古きを捨てつ

雨もなく陽も照らずして白雲の流れを笠にわが夢の旅

境内の池ぞ濁りし碧緑脇に建ちたる子規歌碑の苔

なつかしき柿食ふ歌のあざやかにわれに鮮やか子規の笠あり

柿食らふかの有名な子規の歌石碑と立ちて池の畔に

古びたる石碑の文字は読みがたく子規去りゆきて池の緑藻

聖徳の会館に着き安堵息展覧作品多彩と迫る

宝物殿の居並ぶ仏のありがたく遠きインドの旅路を思ふ

法隆の寺はアジアの片隅に建ちてあるとも世界と結べ

宝物殿ふと出会ひたる百済の観音すらりのお姿悲しみ御顔

忘れずや観音やつれて涙かな御身の悲しみ萩の葉拭はむ

さらば観音さらば宝殿中宮寺への石径長き

濁りたる俗世の池にわれ帰る我らに慈悲を衆生に平和を

白妙の敷き砂あゆみし法隆の長き旅路ぞわれな忘れそ

都離《さか》りしばし旅路の斑鳩の小さ鳥声われは聞きたり

法隆の寺の屋根なる甍波雨風護る曲がりの天に

聖徳の伽藍を囲む回廊の太き柱に常松《とこまつ》の風

長々と帰りのバス待つわれ癒す停留所奥の胡瓜花の黄

Ⅱ　すゑの松山

散華

咲きぬれば散りゆく運命《さだめ》と知りつつもなほ恨めしき花の乱るる

春遅く花びら千々に風の吹き散り敷く夕べにわれひとり立つ

ひとあはれ生き物あはれと哀しきもやがては散りゆくわれらぞ愛《いと》し

花吹雪狂ひ散るなかひとりゆくこの世束の間たまゆら命

この世とは束の間短き花命《はないのら》せめて散華を美と摑みたし

生きるとは空しく短きさだめなるいさぎよき散華は救ひとぞ知る

春の日に満開桜の散りゆくをひとり眺める夕暮れの影

緑なりしわが黒髪もいつの日か白きを抱きて風花と吹く

父母も既に逝きたる春の日に咲きにし花の影を踏みしむ

ぱっと咲きぱっと散りゆく命かなもののあはれぞいとしくもあり

霊山

あしびきの山に挑みて寂滅のわが弟の送り火いまに

夏の陽の暑き木陰に汗拭ふあしびきかの山今は涼しか

あしびきの高尾の山に遠足の小学校のとほき日偲ぶ

老いてまた会ふことなかりき友だちとよくぞ上りしわが脚若き

あしびきの山ぞ消えずに留まりてちはやぶる神われを誘《いざな》ふ

ちはやぶる富士の山こそ尊けれ民ぞ拝みて目を高く上ぐ

車にて三合目なる止まり場は霧ぞ覆ひて神を隠しぬ

高々とわが目を上げて褒め歌をちはやぶる神ぞ天のいづこに

あしびきの山々高く天を突くわがとほき日のヒマラヤの旅

漆黒の山の宿にて待ちゐたる朝日の落ちて世界の夜明け

すゑの松山

門松を立てて祝はむ正月を今年も神よ恙《つつが》無き日を

マンションの小さき玄関松立たぬ贖《あがな》ひて来る飾り門松

とこしへの緑の針なる松の葉を門に飾りて悪鬼を払ふ

われは待つ打ち出の小槌の大福の金の笑ひのいざ来たる日を

君去りし門に常青《とこあを》松を置き今か今かと月出づる待つ

ひがな一日君待ち行き来のときしげくわが影長く伸びし黒髪

今来むと言ひし君を待ち出でてわれ待つ袖に針の葉の刺す

ふるさとの浜の松原いま恋ひし幼きわれらの遊びし松陰

潮風の荒くも吹きしかふるさとの松原とうに枯れ果てたらし

いざ発たむすゑの松山いざ越えむ大波小波のこの世の旅路

Ⅲ　色硝子

鯉のぼり

異国にて育つわが孫恙《つつが》無くとミニ鯉のぼり送りし祖母《ババ》は

百円のショップで買ひし鯉のぼり郵便局でカープフラッグと書く

境あり国境あれどもお互ひに鯉のぼりのごと生きて行かむか

着きしかと訊きし電話に息子答ふ孫カープフラッグ持ちて遊ぶと

赤と青日本の空に世界の空に風にはためき泳げよ旗よ

わが孫よ鯉のぼりのごと生きて欲し滝上りせよ苦難にめげず

会へぬとも元気で育て韓国の人々の愛忘れず生きて

いつか来てあなたの婆の住む土地へ人々やさしのどかに生きる

玄海の海は荒くも房総の半島に咲くあやめ花やさし

皐月には端午の節句の祝ひあり鯉のぼり高く青空にあれ

忘れられた虫取り網

このところ台風列島襲ふなり今朝は公園曇りてありぬ

公園の緑の小藪に何かあり近寄り見れば虫取りの網

近隣の子どもか少年忘れたか虫取り網の青色冴えて

思ひ出す今は大人の長男が網で捕らへし蟬の大声

麦藁の帽子の下の得意顔虫取る網持つ少年息子

歳長《た》けて長男今は父となる孫よ虫取り網は要らぬか

我が思案しばし続きて中断すさうだ我が孫ソウルに帰る

ソウルまで持ちて運ぶは柄の長きソウルの虫には新し網を

破れ果て忘れられたるあはれ網見捨てられつつ小雨に濡るる

思ひ出す長男若きわれ若き網持ち走る夏はたけなは

歳を経ていつか偲びてくれぬかな異国で愛しと日本の夏を

いざ孫よ覚えて欲しき祖母が持ち祖母が離せし破れ虫網

夢に見るわが孫ソウルで虫網を持ちて蟬追ふ夏の耀ふ

色硝子

なにゆゑかふと思ひ出しスマホ取る硝子破片の歌を書きたし

われむかし高校教師に教はりぬボードレールに硝子詩ありと

ガラス屋の運ぶ硝子を花瓶投げ割りたる男のパリの憂鬱

その硝子透明硝子であるらしき色硝子なら良きと先生

先生は国語の教師でありしかなボードレールは日本語であり

一点の疑問を残しわれ老いぬ年長けて今反駁せむか

花火ごと砕け散りたる硝子なりパリならずともいづこでも見し

キーウでもトルコでも見し破片山水晶のごとわが涙ごと

きらめくは太陽光の為ならず天の涙よ星屑涙

ミサイルも地震も破壊の街中にゴミと散り敷く硝子の破片

生き残る大人子どもが踏み行きて血で染まりゆく色硝子かな

尖りける硝子破片の体中刺さりて浴びて赤き血涙

ヒロシマもナガサキ悲惨破片浴び血の色硝子大地に床に

いくたびや同じ地獄を生きしかなボードレールを再読せむか

デンマークの記憶

もう遥か遠き思ひ出デンマークコペンハーゲン旅路の霞む

われ若く夫に同伴嬉し旅されど一人でもっぱら歩行

コペンハーゲンの陶器王室御用達デパートで見し値段は高く

日本ではそっくりなのがありけるが遥かに安く気軽の使用

思ひ出は美術の館で眺めし「叫び」ムンク原作その前に立つ

人気なりアンデルセンの人魚像観光客に囲まれて座す

キェルケゴールの坐像はどかり中央広場の真ん中あたり

シェイクスピアのハムレット城とされる城今や戦争博物館で

「この城はハムレットとは無関係」デンマーク女性の言葉の今に

チボリの公園白夜のパーク子供はしゃぐが夜無き日々か

数々の思ひ出今にわれに来る輝き光るサファイアのごと

アンデルセンよキェルケゴールよムンクのやうに叫びたきわれ

Ⅳ　うたかた

湘南へ

義母倒る報せを聞くはまだ夏盛り命ありしか一瞬戸惑ふ

なつかしは辻堂藤沢湘南の駅しばらくわれの訪れ絶える

県境を越えるな会食禁止せよ湘南海岸立ち入り禁止

義母移る藤沢の病院から茅ケ崎へ病院の名は千葉でも聞きし

大きなる有名なるは病院の生死の境とは関係なくも

茅ケ崎の名前なつかし少女の日祖母に会った茅ケ崎の家

昔いま祖母は元気で動きたるわれの好物トンカツ作る

わが家族湘南の地に分散す藤沢辻堂茅ケ崎いとし

義母の影祖母の記憶と重なりぬ義母ははるかに高齢なるも

齢九十四義母の長生き愛でたるも長くひとりの気丈な生活

だんだんと歩行困難となりてゆく杖でたくまし義母は歩行す

介護さん居たはずなるもなにゆゑか倒れてしばしの時間の間隙

夫付けし警報の器のキャッチした義母の転倒義弟の報せ

このごろは文明の利器ありしかな忙し嫁にはありがたき用

病院へ行きても義母と会へぬいま県境越えずに嫁はパソコン

今日は行く看護アドヴァイザーさんに挨拶に午前七時に我が家出発

大手町東西線で辿り着き東京駅から横須賀線に

横浜よ次は戸塚となつかしき大船駅で東海道線に

藤沢と辻堂過ぎて茅ケ崎へ改札口で夫の出迎へ

目指したる義母の病院いざ行かむ駅前バス道しばらく歩く

そのあたり見知らぬ街とありにけり見知らぬ店の前を過ぎゆく

茅ケ崎の祖母の家とは違ふ道三十年ぶりに茅ケ崎の地を踏む

トコトコと長き歩行に戸惑ひしわれに見えゆく病院の立つ

案内の待合室で待つ間海を見たしも窓にシャッター

医者は来ずアドヴァイザーさんの来たりゐて渡されたるは歩行リハビリ情報

しばらくは安堵のわれは帰途に着く戸塚で乗換へ市川へ行く

海見えずかはりにありたる湘南双六ひとつひとつの駅名越ゆる

きのふまで暑き夏ありコロナやら熱中症やら蔓延りたりけり

きのふまでうるさき蟬の声しきりけふは途絶えて虫声すだく

さくら歌

いざ共に声高らかに歌はむかたわわに咲きし桜花愛で

短か世に咲きて散りゆく命愛で散るは生きると友よ歌はむ

咲けば散るこの夜一夜の命かな生きるは散るとわが民知れよ

花びらの千々に吹きゆくゆふぐれにわれら越えむか彼方への橋

幼き日はなびら糸に括りゐて首に飾りし思ひ出ゆかし

わが旅は邦ざかひなき旅路かないづれの言の葉われらが宝

抱かむか君の悲しさわが胸に涙しとどに春神待たむ

天の雨われら濡らすはまさにこの神の涙ぞわれら祝せり

君泣きて我も泣きけるゆふぐれに雁や群れなし大空越ゆる

春日野の神の社に花咲きて外つ国友の褒め歌今に

春の夢

出会ひとは永久の別れの始めなるさうと知れどもこの世の愛し

別れゆく出会ひも夢と知りつつも今日も私はひとの恋しく

老いし今君と渡らん天の橋君の白髪われの雪風

さだめなる君との出会ひはいま遥かわれ若き日に初めて紅刷く

子供らと悲喜こもごもに楽しかり遥か思ひ出独楽とまわりぬ

若き日の吾がスカート春の日に花笠日傘と開きけるかな

今はただスカートしまひジーパンの毎日なりし歩みの易く

老いてなほ素早くありたし若き日のいでたち真似て夕餉の支度

化粧なく素顔で歩むわれなるや捨てゆくが花と老いの哲学

然れどもいざやスカートまた穿きて春踊らんか桜雲下

うたかた

うたかたの命束の間せめてこそ今ひとたびの君との逢瀬

うたかたの命短しわれらかな結ばば消ゆる河の泡沫

激し恋いつか河水流しゆき思ひ出の影残んの夢かな

修羅の神慈悲なる神よとこしへにうたかたわれら護り賜はむ

蜉蝣の羽のごとくにわれ薄きせめてこの世の歌ぞ歌はむ

修羅となり鬼女となり果てせめて今わが煩悩を狂ひて舞はむ

わが歌を神々せめて聞き届きひとぞあはれと涙給へよ

うたかたの泡より生まれしビーナスはなぜに美し希臘の夢かし

この世うたかた泡砕きこの出会ひ今地獄の焔

河の水ゆくへも知れず流れゆく方丈の記を我は偲びて

解説　地域文化を尊び「真の国際性」を宿らせた連作短歌

座馬寛彦

1

水崎野里子氏は詩・短歌・俳句の実作者で、英文学者、翻訳家、編集者として様々に活躍をしてきた表現者だ。歌集は今回の歌集『全山紅葉』で三冊目となるが、詩集は五冊出版、さらに、デイヴィッド・クリーガー日英詩集『神の涙――広島・長崎原爆　国境を越えて』、『ラングストン・ヒューズ英日詩選集　友愛・自由・夢屑・霊歌』、『現代アメリカ黒人女性詩集』、『現代アメリカアジア系詩集』、『現代アイルランド詩集』などの書籍の編集・翻訳を行い、人権、ジェンダー、マイノリティなどの問題を世に問うてきた。こうした一連の仕事の基本姿勢とも言える地域文化に立脚した国際的、地球的視野と歴史意識は、水崎氏のあらゆる詩歌作品に展開されており、今回の歌集にも随所に見ることができる。

本書に収録された短歌は、新型コロナ禍の二〇二〇年九月から約三年の間に文芸誌「コールサック」に寄稿されたもの、私家版の作品集『法隆寺への旅路』に収録されたもの、そして、この歌集のために新たに書き下ろされたもので、二六〇首が四つの章に分けられ収録されている。各章は三～五の連作から成り立っている。Ⅰ章「全山紅葉」は地域文化や歴史を訪ねる連作「いはきへの旅」「瓦礫の街」「風土　和辻哲郎に」「全山紅葉」「法隆寺への旅路」、Ⅱ章「すゑの松山」は生まれ育った地域や父母らを想う連作「散華」「霊山」「すゑの松山」、Ⅲ章「色硝子」は韓国やウクライナなど海外と日本を結ぶ連作「鯉のぼり」「忘れられた虫取り網」「色硝子」「デンマークの記憶」、Ⅳ章「うたかた」はこの世で出会うものたちの命の儚さを記す連作「湘南へ」「さくら歌」「春の夢」「うたかた」によって構成されている。各連作は長編詩のようであり、また、Ⅳ章は短歌を連ね地球規模の危機を詠いあげた交響曲のようにも感じられる。そんな歌集『全山紅葉』の中で、主調を奏でていると思われる作品をいくつか紹介していきたい。

2

二〇二二年二月に始まったロシアによるウクライナ侵攻は、二〇二三年七月現在、一向に停戦、戦闘収束の兆しが見えない。日本に住む私たちの実生活も、エネルギーや原材料価格の高騰などの形で、少なからぬ打撃を与えられているが、日々の営みに追われる中で、一体どれだけの日本人が遠く離れたウクライナの地で戦禍に喘ぐ人々の現実を、自らの現実として引き受けようとするだろうか。

血の色の赤子の手のひら無数にて避けて通れず靴で踏み浸む　「全山紅葉」

この歌は、公園に赤く色づくもみじや降り敷くその落ち葉を見て徐々に不穏な連想が生まれ、過去・現在の戦争にまで思いを巡らせていくという構成を持つ連作「全山紅葉」の中の一首だ。一つ前に〈敷きゐたる道上くれなゐもみぢ葉は小さき赤子のひろげたる手〉があるが、もはや〈われ〉（作中主体）はそれをただの「もみぢ葉」とは見ていない。この「赤子」が誰なのか明確に示されてはいないが、人間としての尊厳を蔑ろにされ、無残に死んでいった嬰児たちを想像させる。下の句の「避けて通れず靴で踏み浸む」は、自分も逃れようもなくその死に対する罪を負っているという意識を表しているとも読める。ウクライナでの戦争に対する〈われ〉、あるいは私たち日本人の立場にも対照できるだろう。

思ひ出す鳴海の英吉詩に書きぬ全山紅葉沈黙なりと　「全山紅葉」
沈黙の破壊の街の静けさや裸木黒く空《くう》を突きたり　「全山紅葉」
いつの日か神の沈黙あらむかなからっぽ惑星紅葉燃ゆる　「全山紅葉」

この三首いずれも「沈黙」という言葉が、おそらく意図的に用いられている。

一首目に登場する鳴海英吉は、一九二三年生まれでシベリア抑留を経験した詩人だ。鳴海の詩に「紅葉」（詩集『舞鶴から』収録）がある。詩の中で作中主体である日本兵の「おれ」は、投降するため、負傷して瀕死の仲間を背負い、銃弾の飛び交う中を決死の前進を続ける。そして、興安嶺（現在の中国黒竜江省、ロシアとの国境近くに位置）のもみじを思い出し、「興安嶺は全山 死んでいく朱／ひっそり静かなもののなかにいた／確かにそのような……」と詩は閉じられる。この「ひっそり静かなもののなかにいた」という一節が掲出歌の「沈黙」という言葉を導いたのかもしれない。二首目は、一つ前に〈もはや今涙もいでずウクライナ民の苦難に重なる寒さ〉という歌が配され、今のウクライナを詠った歌と読むことができる。第二次世界大戦で死と隣り合わせの投降を試みる若い日本兵の感じた「沈黙」を、現在のウクライナの破壊された街を支配する「沈黙」と時空を超えて繋げている。三首目を読むと、前掲の二首の「沈黙」もまた「神の沈黙」に通じるものであったのではと思えてくる。この「神」は集中で〈修羅の神慈悲なる神よとこしへにうたかたわれら護り賜はむ〉（「うたかた」）と詠われた、人間の所業の善悪に応じて、修羅にも慈母にもなる神ではないか。しかし、そんな神さえも、おぞましい殺し合い、無軌道な殺戮を繰り広げる人間に驚愕し、戸惑い、呆れ、見放している、その様を「沈黙」という言葉に託しているように思える。そして、過去の反省に学ばず戦争を繰り返す人間の愚かさゆえに「からっぽ惑星」とあえて突き放すように詠うのだろう。

「全山紅葉」とは「神の沈黙」であり、血塗られた所業を顧みさせ、それを責め苛む死者たちの声なき声、罪悪感や自己嫌悪に耐えかねた内奥からの声なき声ではないだろうか。

3

水崎氏の短歌の特徴は、自らの暮らしを見つめながら、同時にアジア、ヨーロッパなどの世界の固有の地域文化やそこでの悲劇を我が事として感じ表現しようと試みているところだ。

われ今日は恙《つつが》無き朝食喰らひたるうしろめたきも神に感謝す　「瓦礫の街」
わが風土アジアの気候と共に生くヒマラヤ下しの季節風吹く　「風土　和辻哲郎に」
法隆の寺はアジアの片隅に建ちてあるとも世界と結べ　「法隆寺への旅路」
境あり国境あれどもお互ひに鯉のぼりのごと生きて行かむか　「鯉のぼり」

一首目はウクライナの惨状を詠う連作中にあり、戦禍で苦しみ飢えている人々を差し置いて朝食をとること、また自らの無力さへの罪悪感を「うしろめたき」と詠う。二首目は、自然の暴威と恵み、四季豊かな気候をアジアに齎す、ヒマラヤ山脈からの季節風（モンスーン）を介し、日本とアジアの国々・地域は運命共同体であるとの把握を示す。三首目は、日本の地政的な位置を意識しつつ、同じ連作中に〈法隆《たか》く法の興隆念じたる太子の徳はわれらが夢ぞ〉〈われら小さき世界の和とはいかなるか聖徳の子よ今に再び〉があることからも、聖徳太子の掲げた「法」と「和」の精神が、戦火の消えぬ今の世界に通用するものであると示唆するのだろう。四首目は、東アジアの国々の複雑な関係性への思いを含ませつつ、鯉のぼりを贈った孫の男児が逞しく健やかに成長することを祈り、共に同じ空の下で心を自由に泳がせようと語りかける。

それぞれの連作の中でこれらの作品を読むと、水崎氏の「国際性」は、俯瞰的な視点を持ちながら、欧米中心の世界ではなく、マイノリティと言われてきた世界の国々や民族の多様性、豊かさに目を向け、そこに立脚点を置いたものであることが見えてくる。

また、小題「散華」「さくら歌」「春の夢」「うたかた」など、無常観、命の儚さを基調とした抒情的な歌の連作にも、日本人であることへの意識が映し出されているようだ。

子供らと悲喜こもごもに楽しかり遥か思ひ出独楽とまはりぬ　「春の夢」
短か世に咲きて散りゆく命愛で散るは生きると友よ歌はむ　「散華」
咲きぬれば散りゆく運命《さだめ》と知りつつもなほ恨めしき花の乱るる　「さくら歌」
蜉蝣の羽のごとくにわれ薄きせめてこの世の歌ぞ歌はむ　「うたかた」

一首目は、独楽《こま》の比喩が巧みで、脳裏に巡らされる子どもたちとの「悲喜こもごも」の思い出を「楽しかり」と肯定的に振り返る一方で、独り遊びの寂しさに子離れの寂しさを、回転が止まれば儚く果てるこの玩具の性格に人生の儚さを連想させる。二首目は、開花期間が短い桜花に人の一生を重ねつつ、「散るは生きる」という捉え方によって、老いや死を悲しみ恐れることをやめ、命を「愛で」ようと呼びかける。三首目は、花の乱れ咲くさま、その瑞々しい姿を「恨めし」いと、劣情や妬心を隠さず詠いながらも、そこに〈われ〉の命の生々しさを宿らせている。四首目は、肉体の脆さ、不確かさを「蜉蝣の羽」の喩に託しつつ、せめて「この世」を味わい生きたことを歌に残したいと、歌に一縷の希望を託して詠う。

これらの歌に見られる、仏教的な無常観を背景にした情趣は、平安時代の美的理念「もののあはれ」を思い起こさせる。

水崎氏は詩論・エッセイ集『家族の肖像』所収の「マイケル・ロングリー『雪水』と「北」」の中で、「日本的な『かなしさ』の詩性」が中国文化圏の律詩や韓国の短詩、時調にも共通して存在し、さらに「『もののあわれ』の叙情」が遠く離れたアイルランドの詩と「交差する」という発見を記している。それは、既刊の歌集、詩集で示してきた「アジア地域の固有性考慮」（歌集『恋歌』「あとがき」より）や「詩の土着性」（詩集『火祭り』「謝辞」より）の追求が、日本の詩歌の真の「国際化」に繋がるという、自身の信念を裏付けるものと言えるのだろう。そして、今回の歌集のその他の歌群においても、この「『もののあはれ』の叙情」が重んじられ、基調としてあるように感じられる。

いざ共に芭蕉よわれらと旅せむか東北の風世界に吹きゆく　「いはきへの旅」

俗を脱し自然の美を根源的に捉えようとした芭蕉の精神的姿勢に共感し、今再び「おくのほそ道」で詠い綴られたような東北の自然の魅力と価値を世界に伝えようと、世界中から尊敬される芭蕉にその助力を乞うようだ。詩論「マイケル・ロングリー『雪水』と「北」」の中で、北アイルランド問題と格闘する詩人ロングリーの「失われたふるさとを自然詩で奪回する行為」について論じられているが、この歌も、東北の自然を詠う詩歌によって、東日本大震災・原発事故のために「失われたふるさと」の「奪回」を訴えていると受け止めることができるだろう。

水崎氏は日本の詩歌が世界の中で評価されるための「真の国際性」への針路を、自らの創作活動を以って示そうとしてきた。それは、日本の詩歌に宿る思想・哲学や精神性が、世界中の社会的弱者、被害者の直面している過酷な現実に寄り添い、共に立ち上がることを促す力を秘めていると信じるからではないだろうか。本書に込められた、そんな切実な祈りと希望が、国境を越えて広がっていくことを願っている。

解説　西行・芭蕉の影を追い世界的な視野で詠う人
――水崎野里子歌集『全山紅葉』に寄せて

鈴木比佐雄

英文学者・翻訳家であり、詩・短歌・俳句を日本語・英語を駆使して実作するバイリンガルの水崎野里子氏が、第三歌集『全山紅葉』を刊行した。二〇二〇年新春から始まる新型コロナ下において、外出が制限される中でも水崎氏は時に果敢に多様な旅をしていて、十六の小題で約二六〇首の連作短歌を詠んでいた。四章に分けられたその連作短歌から特に心に触れてくる短歌を紹介したい。

Ⅰ章「全山紅葉」は「いはきへの旅」「瓦礫の街」「風土　和辻哲郎に」「全山紅葉」「法隆寺への旅路」の五つに分かれている。「いはきへの旅」は次の短歌から始まる。

いつからか幾度辿りし奥の細道芭蕉の影を追ひ求めつつ

水崎氏の感受性や詩歌論の根底には、世界の中で日本の詩歌はどのような特徴や影響を持ち得ているのかという世界的な視野があるように考えられる。国際俳句や国際短歌はすでに世界中に広がりつつある中で、特に芭蕉の詩歌の精神性は世界中の短詩に影響を与えている。水崎氏も国際性を考察する際に世界の人びとから支持を受けている芭蕉のことを根幹に置いていることが了解できる。その原点には『おくのほそ道』では芭蕉が「そぞろ神」に襲われて、西行の後を追って陸奥《みちのく》の歌枕の地に旅に向かっていく。水崎氏は「芭蕉の影」を追って中通りではない浜通りの「いはきへの旅」から始めようと試みるのだ。芭蕉は白河の関を越えて須賀川から始まる東北・福島の中通りを通って松島に向かう。しかし水崎氏は、芭蕉の見ることがなかった浜通りの勿来《なこそ》の関を越えた「いはきの地」に向かうのだ。

ネット教へ浜の通りは南のいはきと相馬に繋ぐ苦難の道のり
双葉町や浪江は原発の被災多き地いまだにもふるさと戻れぬ人々多きと
瓦礫から立ち上がりたる東北の人々努力芭蕉も称へむ

水崎氏は、東日本大震災・東電福島第一原発事故の甚大な被害が今も続いていて、福島・浜通りの南のいわき市から中部の双葉町、浪江町、北部の南相馬市、相馬市まで、今も続く放射性物質の被害から立ち上がっていく人びとの「苦難の道のり」を思いやる。そのような現場をネットの映像ではなく、少しでも体感しようとする旅を試みる。そして地震・津波・原発事故・風評被害などの四重苦の浜通りの人びとが「瓦礫」から立ち上がってきたことに、芭蕉もきっと称賛しているだろうと想像力を働かせていく。

勇み足及ばずフクシマ原発破壊自然の猛威に人間狂ふ
苦闘せむ未来のわが地のふるさとのやすきと望むこころありせば

水崎氏は人間のサイエンスという科学技術の「勇み足」の危うさを指摘していて、人智を超えた「自然の猛威」を前にして想定外としてしまい、その危険性を直視しないことは「人間が狂ふ」ことであり、人類の存在の危機であることを指摘しているようだ。そして原発事故の後遺症による「苦闘せむ未来」を他人事とせずに「わが地のふるさと」と言い、「やすきと望む」と願うのだ。

Ⅰ章の「瓦礫の街」から三首を引用する。

美しや瓦礫の街のその姿いつか見た街いつも見し街
モスクワは今は正教本拠なりされど罪なき隣人殺すは如何に

広島長崎南京虐殺チェルノブイリに福島にソンミの村にチェチェンにアレッポ

水崎氏は自然災害だけでなく、原発などの科学技術過信の人災、国家や宗教が引き起こす帝国主義的な領土を奪い取る戦争などが、どれほど罪なき人びとを大量殺戮してきたかを想起する。そして世界の悲劇の場所の地名を列記しながら、読者に想像させていて短歌の韻律を食い破っていく新たな短歌を創り出している。

Ｉ章のその他の小題からも引用したい。

上海もタイもミャンマーインドも同じモンスーン吹き荒れ豪雨ばらまく

（「風土　和辻哲郎に」より）

血の色の赤子の手のひら無数にて避けて通れず靴で踏み浸む
負傷せし若き兵士を背負ひゐて投降鳴海全山紅葉
いつの日か神の沈黙あらむかなからっぽ惑星紅葉燃ゆる

（「全山紅葉」より）

宝物殿の居並ぶ仏のありがたく遠きインドの旅路を思ふ

（「法隆寺への旅路」より）

水崎氏は混沌とした多様性を抱えるアジアというモンスーン地域の視野を持ち、「血の色の赤子」の手を美しい紅葉と喩えて、そんな赤子を殺戮していく人類の悲劇を見つめる「神の沈黙」を感じながら、短歌を詠んでいるのだろう。また水崎氏は東北の「全山紅葉」の山々の美しさを讃えることを封印し、紅葉の中の中国戦線で従軍し戦友を背負って投降して、シベリアに抑留された敬愛する詩人の鳴海英吉氏を想起している。水崎氏の「全山紅葉」には、「赤子の手」、「神の沈黙」、「負傷せし若き兵士」などの比喩を何重にも重ねた想像力を喚起させる言葉があり、きっと叙景でありながら、後世の子どもたちを慈しみ、争いの不毛さを伝えるような自らの思想・宗教心を込めているように、私には読み取れる。

Ⅱ章「すゑの松山」は家族・知人たちへの鎮魂や故郷への思い、Ⅲ章「色硝子」では韓国、フランス、ウクライナ、トルコ、広島・長崎などの破壊された硝子の記憶に思いを馳せる。Ⅳ章「うたかた」では儚い命であるから、「修羅の神慈悲の神」を問い続けている。これらの章の中からも代表的な短歌を最後に引用したい。水崎氏の国際的な視野を持ち人類の悲劇を見つめて神を問い続ける短歌には、世界の人びととつながっていく可能性があると思われる。

いざ発たむすゑの松山いざ越えむ大波小波のこの世の旅路

ヒロシマもナガサキ悲惨破片浴び血の色硝子大地に床に
（「すゑの松山」より）

修羅の神慈悲なる神よとこしへにうたかたわれら護り賜はむ
（「色硝子」より）
（「うたかた」より）

あとがき

本歌集は私にとっては第三番目の刊行歌集である。いわゆる「日本の戦後期」（日本国内で「戦後」と呼ばれる時代は第二次世界大戦、あるいは太平洋戦争敗北以降）にあってはまず自由詩が詩であり、自由詩と短歌、俳句はそれぞれ専門の団体と詩誌に分かれていた事情、そして例の「第二芸術論」だ。そして「奴隷の韻律」と七五調が告発された経緯と言い訳する。だが、英語、フランス語、ドイツ語、スペイン語他の外国語原作詩では、またアジア系やアメリカのマイノリティ詩人の詩には、民謡も含めて微妙に頭韻、脚韻の音楽性を具現する。これは如何に？

再入会したコールサック誌が自由詩ばかりではなく短歌、俳句も掲載する、日本では新型詩誌を編集していたのを見て驚き、見事と嬉しかったのは強烈な思い出である。日本にコロナ禍が上陸した直後であった。世界的に多くのイベントが中止のコロナ禍パンデミックの期間に、私は国内で海外交流を続けて行けることになる。まずは中断していた鳴海英吉の日本語詩の英訳に従事した。

最後になるが、本詩集のあとがきの鈴木比佐雄代表と座馬寛彦さんの見事なご評に、心から感謝申し上げたい。鈴木比佐雄代表は見事に磐城―芭蕉―西行を繋げて私の短歌を旅の短歌と読んだ。御礼である。それはだが一方では同時に、戦後の他誌が為し得なかったT・S・エリオットの伝統論の正当受容を意味する。次いでエリオットの背景となったJ・E・ハリソンの『古代藝術と祭式』、フレイザーの『金枝篇』などと初めて日本国内でリンクした作業であり、戦後の日本詩人が西欧性と似非近代性とアジアを考慮に入れない超現実主義とギリシアへの夢の中で具現出来なかった日本的モダニズム批判でもある。その作業は、北支で、サハリンで、沖縄で、ヒロシマ・ナガサキで、戦死したあるいは殺された多くの兵士、避難民への追悼も込めると信じる。

二〇二三年八月

水崎野里子

著者略歴

水崎野里子（みずさき　のりこ）

日本、東京生まれ。現在は千葉県に在住。世界各国へ旅行経験。海外詩祭に英語版で参加多数。

＊短歌集『長き夜』『恋歌』『全山紅葉』

＊日本語個人詩集：『アジアの風』『ゴヤの絵の前で』『火祭り』『ローマの丘より／水崎野里子世界の旅』

＊翻訳・エッセイ集：『エッセイ文庫4　英米の詩・日本の詩』『多元文化の実践詩考』『詩と文学の未来へ向けて』『世界の詩人たち』『家族の肖像』（日本語表記）

＊翻訳・編集：『現代英米詩集』『現代アメリカ黒人女性詩集』『現代アイルランド詩集』『現代アメリカアジア系詩集』『現代世界アジア詩集』（日本語表記）『ラングストン・ヒューズ英日選詩集　友愛・自由・夢屑・霊歌』

＊日英バイリンガル翻訳集：アンソロジー『原爆詩181人集』（共訳・日本語表記）第18回宮沢賢治学会イーハトーブ賞奨励賞受賞

＊デイヴィッド・クリーガー（USA）（英語）詩・水崎野里子日本語訳『神の涙 ―広島・長崎原爆　国境を越えて』（初版2010年、改訂版2020年）

＊アンソロジー英語版参加編集参与：『戦争と平和詩集：10人の現代日本詩人の声』（英語表記）The English Version of the Anthology (Joined and Edited): “The Poems of War & Peace: Voices from Contemporary 10 Japanese Poets”

＊アンソロジー参加：『アジアの多文化共生詩歌集』（日本語表記）

＊英語版個人詩集イタリア翻訳付：“Japan Sail Up” “My Thoughts for World Peace” “Admiring World Beauties” (In English and Italian/ Published in Italy)

＊所属：日本詩人クラブ、日本現代詩人会、日本ペンクラブ、アメリカ翻訳者協会（ALTA）国際会員、UPLI/ WCP Vice President、POVズーム・カリフォルニア詩人会、日本アイルランド協会。「コールサック」他に寄稿。多言語誌「パンドラ／ PANDORA」主宰。

現住所　〒273-0031　千葉県船橋市西船2-20西船グリーンハイツ7-204
連絡先（E-mail）　the-mizusaki@lily.odn.ne.jp

石炭袋

歌集　全山紅葉

2023年10月12日初版発行
著　者　水崎野里子
編　集　鈴木比佐雄・座馬寛彦
発行者　鈴木比佐雄
発行所　株式会社 コールサック社
〒173-0004　東京都板橋区板橋 2-63-4-209
電話 03-5944-3258　FAX 03-5944-3238
suzuki@coal-sack.com　http://www.coal-sack.com
郵便振替　00180-4-741802
印刷管理　（株）コールサック社　製作部

装丁　松本菜央

落丁本・乱丁本はお取り替えいたします。
ISBN978-4-86435-582-7　C0092　¥1600E